詩集

伝令

山田隆昭

砂子屋書房

＊目次

I

装本・倉本　修

詩集　伝令

I

春・幻

街角で立ち止まる
電信柱がくねくねと招いても
犬ではないから誘惑されない
曲がるとそこに
巨人が坐っていそうだ
塀にもたれて坐っているにちがいない
投げ出した足が道いっぱいにひろがっていて

ポケットに忍ばせた薬に頼ろうか
レンズ状にふくらんだ空気を
ハンマーで叩き割ろうか
だが　今日は薄い文庫本しか持っていない
表紙に赤く太い文字で
「薬物中毒から立ち直る方法」
背表紙では細い骸骨が正装している
骨だって痩せることがあるのだ

振り向けばネズミほどの自動車が
群れて押し寄せてくる
ひとたび踏んでしまったら
転んで立ち上がれなくなる
道の脇の小さな公園に逃げこむ

児童公園であるのに遊具がひとつもない
砂場のかわりに星形の深い池がある
柵はもちろん　ない
水には多くの眼球が漂っている
その数は奇数でなくてはならない
ひとができあがった頃から決まっていることだ
こころの眼はひとつで
水は幻を見ないから

炎　天

登りはじめた坂の上方から
風が転げ落ちてくる
それは熱風だった
細く　湾曲した坂は
切り通しのようで逃げ場もなく
まともにぶつかりあってしまった
　体が裂けたか
風が割れたか

瞬間　お互いに力をこめたから
もちろん両者ともに無事だ
振り向けばまだ威勢よく落ちていて
下からくる人が少し煽られているのが見える

登りきった道はしんとして
建物も樹木も白く固まっている
太陽が地面をこすりながら
じりっ　じりっと運行している
ぼくは足音しのばせて駅に近寄る
改札口からホームに降りると
にわかに視界がひらける
まっすぐに延びたレールがまぶしい
人びとはベンチで俯いている

電車はくるのか　こないのか
ここには停車しないかも知れない
どこへ行こうとしていたのだったか
それも忘れてしまった

体から海が絞り出される

立ち上がると
目眩がして
ふたたびベンチにへたりこんでしまう
電車がゆらゆらと遠ざかる

沼

枯葉を踏んで疎林に分け入る
午後の光が地に縞模様を作る
足裏に伝わってくる乾いた葉の感触
忍び足のつもりはないけれど
静かに歩きたい
土は見えない
葉の下には秋の虫たちが潰れている
さらに下の保温された土のなかには

無数の卵が息づいているだろう
冬を過ぎ　やがてくる春の気配を待っている

林の奥に水面《みなも》がひかっている
小さな沼のほとりにでた
葉が落ちるたびに波紋がひろがる
生き物の呼吸に似て
水が蠢いている

沼は生きている

底に生き物の養分を呑んでいる
澄んだ水がそれを隠している
流れる雲が映っている

あれは沼のふるさと
あるいはやがて還るべきところ

ぼくの還るべきところはどこにある
頭上に空がひろがって
風が吹いて
大地がわずかに削れてゆくように
なにかが失われてゆく

風景がぼくのなかに積もる
だが定着することなく
いつか消えてしまうだろう
ここまで歩んだことさえ
いずれ忘れてしまうだろう

水底に記憶を沈めて
どこに向かって歩こうか

河畔

土手の下は葦に覆われている
遮られた視界を分けて進む
頼りは水の匂い
ほどなく川筋に出た
思いのほか早い流れだ
川面を見つめていると
自分が流れてゆく錯覚にとらわれる
どこかに辿り着くはずもないのに

いつまでも立ちつくしている

足許に小波が寄せている
水のせわしない動き
同じ旋律の繰り返し
ゆれる体が頼りない
軽く閉じた瞼の裏に
水際の生き物の生態が焼き付いている
沢蟹が鋏を折り畳んで
体半分　穴に入りかかっている
おい　眼がふたつとび出ているぞ

頭髪は白く短い
毛根ごと引っこ抜いて

幼年時代に帰る
さもなくばこのまま葦になる
肉もこそげて骨のいっぽんいっぽん
水に濡れた河畔に突き刺さる

土手の上で誰かが呼んでいる
声も蜃気楼だったのか
八月の水はごぼごぼと
喉仏を拝んでいる

隠す

これが水であったとは
湖は空と向きあって
あっけらかんとまっ平らだ
すべてを受け入れる姿勢の
象徴であるかと思える
水鳥が作る紋様がわずかに動いている
鳥は浮いているのか

水に乗っているのか

ふいに鳥の姿を見失う
素もぐり——
魚影を追って
食物を捕りに行ったのだ
もぐった中心に撥ねた水がしばし
水面に輪を作り
あとはなにごともなかったかのように
無防備に平らだ
水が隠した鳥と魚は無言だ

ひとは水のなかでさえ
黙っていられない

たくさんの不用意な言葉
だが　水のなかにいるからうまくしゃべれない
がぼ　がぼ
隠したい言葉は気泡となってまあるく
光の乱反射を浴びて
丸くなろうとしてひしゃげてしまう

つぶされるなよ
水から出れば姿を隠せる

大漁

目の前には海がひろがっていた
小さな漁村である
漁船が一艘　大波に見え隠れしながら
水平線と平行に走っている
しばらくすると
舳先をこちらに向けて進んできた
中型の漁船だった
船の方から声が聞こえた

呻きに似た重い声だった
近づくにつれ　吃水線を越えて
沈みこんでいるのがよく見えた
船縁を波が洗っている
大漁だったようだ
船は波静かな港内に入った
だが　岸壁に接岸するのでもなく
ゆらゆら漂っていた
やがて弓状の砂浜に乗り上げ　止まった
生臭い空気が流れてきた
誰も下船してこない
魚を下ろす忙しげな気配もない
浜に村民たちが集まってきた

だれも船の傍に寄らない
遠巻きに見守るばかりだった
船縁から大きな魚の頭が覗いた
まばたきしない眼が辺りを見回していた
と　カッと開いた口から叫び声が漏れた
ギョエ　ギョエ　ギョエ
さっき聞こえていた声とは違っていた
なにかの合図とおもわれた
いきなり　尾鰭を湾曲させて宙に舞い
砂地に落ちた
それから身を捩り海に戻った
続いて大小さまざまな魚たちが砂浜に跳ね出ては
這うようにあるいは転がり海に向かった
声が腹の底から絞り出されていた

浜は静まりかえっている
ひとびとが船に入った
（ボクもつき従った
船上に漁師の姿はなかった
水槽を覗いてみる
なかには漁師が四人ゆったり泳いでいる
口から気泡が連なり出ている
笑っているのか泣いているのか
顔がわずかに歪んでいる
底にはかつて漁に出て帰らなかった漁師が
折り重なって沈んでいる

雨のように

電線が揺れている　かすかに
雨に打たれている
水滴が膨らみ並んでいる
落ちる直前の張力は美しく
天と地の間で延び縮みしている
落ちれば曲線を失って
個から解放される　きっと

水溜まりからどこへゆくのか
地中深く潜る　あるいは
より元素に近づいて空に向かう
どちらにしても
還る　ことにはならないだろう
納まるべき場所を持たず
いつまでも放浪する
水は哀しいもの
うらやむべきもの
枯れ草の匂い　埃の臭い
雨が連れてくるそれらに包まれて
ぼくらは天に昇るか　地に伏すか
どのみち　ここ　を持てないでいる

今日　ぼくは昇天する
最後に見る風景を忘れはしない
ふるふると揺れて
美しく見えるか
この体　このたましい
そのときがきて
なにを連れてゆけるだろう
懐かしい日向の匂い
小川の流れになびく藻の動き
踏みしめる草の音
みんなそのままで在り続ける

万物を受け入れ　そののち
見送る者もやがて

どこかへ去ってゆく
どこへ　か　誰も知らない
知ることで崩れてしまう世界がある
だまって
順序よく落ちてゆく雫のように
淋しく降りそそぐ雨のように
ただ

唄

きのうよりちょっと
文字がふくらんだみたいだ
書きつけた手が眠っているあいだ
閉じられたノートに挟まれて
ウン　ウン
力んでいたのか
どこにも出てゆけなくて
おのれの意味を食べていたのか

書いたあとで
読んでやらなかったのがよくなかった
そういえば　夜半
だれもいない部屋から
ひしゃげた　哀しげな呟きが
聞こえた

たとえば　蕾
つぼみ　と言ってやれば
その続きを語ってやれば
茎が現れ葉も生え
水を吸い上げて
花ひらいたかもしれないのに
切り取られて朝まで

蕾のままでいたのだ

ふたたび開いたノートには　ほら
うち捨てられた文字がひしめいている
それぞれの姿を保ち
もてあそんだ脳の滓をまとって
となりのことばと断ち切られている
（起きて泣く子の　ねんころろ　面憎さ）
恐い子守唄よりもっと恐いよ
旋律もなく抑揚もなく
無機質な形のつらなりばかりが

もう　なにも書かないかも知れない
喉からしぼりだしたことば

生まれたてのやわらかな
濡れた肌に添い寝してやればいい

土のなか

まるで瘤のような墨跡だった
〝愚〟という文字のひとかたまりだった
紙の上にもりもりと盛りあがって見えた
取り囲む白い空間が鮮やかで
書家の精神の高さが伺える

生き方には楷書体もあって
きりっと端座しているのもよい

だが　なにかが足りない

土に還るのは
死んでから　ではない
ひとは土くれから生まれてきたのだから
いつも泥にまみれているのがふさわしい
愚という文字は根っこではあるまいか
土のなかでじっと
樹木の芯など支えている
いきいきとバクテリアも育てている

掘り起こし
根回しされた根は寂しい
原初の姿を失っている

握りしめた拳がほどけそうだ
ひとの思惑にまみれてぐったりと
仮死状態となっている

あの文字になりたい
おろかでもよい
ひんやりとした土のなかで
拳を
もっと強く握りしめる

くう

雨の日はつらいよ
枝のさき　空が涙の形で呼んでいる
向こうは水浸しだ
トップン　プヨーン
朝だというのに空が垂れ下がっている
布団のなかで溺れる者は浮き輪にこそすがる
ドン　と空砲が鳴る
玄関でいっせいに体が泳ぐ

水鳥でもないくせに水を掻くかたち
そんなに焦らなくてもいい
朝食抜きは健康に悪い
マクドナルドおじさん！
今日は牛丼にしておきます
半乾きのパン生地が上顎にへばりつくよ
雨だからね

雨の日はくらいよ
地面と雲がひっくりかえって
いるからではない
もうネガの匂いのする夜だ
眉毛も剝き出しの歯の奥も白い
不気味に笑っている顔たち

くそっ　おまえは誰だ
生きている裏返しが死なんかじゃない
カーネルおじさん！
ニワトリの濡れた羽毛はどうなりましたか
そこにも雨は降っていますか
あすもきっと鬱だからね

狩り

さて
と　おとこは次の言葉を呑み込んで
おんなのへそから
消化器官へ続く階段を降りてゆく
そこには繊毛の密生する岸辺があって
牝鹿がときおり通り過ぎる
その巻き起こす風のなかに
血の匂いがまざっていることに気づく頃

この世の終わりのような紅い空が
手の届かない地平からせりあがってくる
食われてしまう予感にとらわれたものにとって
夕暮れはひどく重たい

飢えは体内のどこからやってくるのだろう
こじ開けられた幽門から
胃袋に逆流してくるもの
嚥下されてしまったいのちどもが
食物を欲しがっているのにちがいない
不穏な夕景に染まって牝鹿もぼくも
食い継がれてきたいのちの先端にある
誰かが生き続けるために
なにものかが死なねばならなかったにせよ

ひとはあまりにも上手に生きすぎてしまった
なにも獲れなかったいちにち
今日の狩りはやめておく

怯えを塗り込めるように夜がやってきた
おんなのへそから這い出て
そのまま低い姿勢で下腹部へ向かう
やがてさわさわと見えてくる草原のなかへ
いのちをつかまえにゆく
たべるために　ではなく
宴の共犯者を仕立てるために

焼　鳥

あれから二年が過ぎた
暑い夏の夕方
母は逝った
八十有余年を生きて
ゆっくりと
電車が車輪を軋ませ
駅に停まるように
だが　なんの音もたてなかっただろう

なんでもないこと
とでもいうように

その日
仕事の帰り道
眼の端に
焼鳥屋の屋台暖簾が揺れていた
匂いに誘われて
六本注文した
店のオヤジは
ていねいに焼いてタレに浸し
油紙に包んで
いつもどおりに手渡してくれた

家は静まりかえっていた
ベッドを囲んで
皆が立ち尽くしていた
母は息をしていなかった
間に合わなかった
焼鳥を買わなかったら――
無念がこみ上げた
無性に食べたかったのだ　母よ
部屋に籠って
それから六本を一気に食べた
母の生涯を食べた
最期には何も食べられなくなった母と一緒に

敵

真昼のゲームセンターだった
ひとり　またひとり
撃ち倒す
次々にもの陰から現れる敵の
銃が火を噴く前に

指に残る軽い衝撃
のけぞり　もんどりうって

彼らは地に伏したまま動かない
　たぶん死んだのだ
　　たぶん
画面のなかの兵士にも
人生があっただろうか

古い記録映画だった
コマ送りの技術が稚拙なためか
兵士の動きが不自然だ
妙にせかせかと灰色の空間に向かって進んでゆく
近くで砲弾がはじける
土と一緒に空中に吹き上がる兵士四〜五人
曲がった手足がなまなましい
もりあがる黒煙が作る影のなかで

彼らも死んだのだ
　たぶん
その後の彼らの消息は伝えられていない
ぼくが生まれる数年前の出来事だというのに

父から受け継いだもの
刻印された銃撃戦の記憶
安穏とした日々のとあるひととき
向きあった鏡のなかにむっくりと身を起こす
自分という凶暴な
兵士いっぴき

静物

スイッチに触れると
手動式のはずの扉が横に開いた
部屋の床には猫がびっしりうずくまっていて
ぼこぼこの質の悪い絨毯を思わせる
体に埋もれてしまっている顔
ふすまの模様は猫の足型で
欄間にも猫の彫り物だ
生きている　とも

死んでいるとも言える
本物と作り物の区別がつかない
喉も鳴っていない
ふるふると毛がふるえているのは
開いた扉からわずかに吹き込む風のせいだ

踏み入るべきか　ぼくは迷っている
そうすることによって猫の死が
分かってしまうとおもうと恐ろしい
だが　奥にある冷蔵庫の中の
卵とみるくも欲しい
とりあえず腹を満たして
今日を生きるために

花冷えの空から雨が落ちてくる
ぼくの中にどれだけ
水を貯えられるだろうか
――猫は干からびかけている
死は静かだ　不気味なほどに
そこから先に行けない虚ろが
しん　と拡がっている

進化

浅瀬にひっそり
星形のひとでがいた
先へいくほど細く
砂地に消え入るように
五本の触手が延びて
砂を抱え込んでいる
この生き物の
体の部位について考える

どこまでが体幹で
どこからが手足なのか
口が下　肛門が上にあるというから
平面的に食べて排泄しているのだろうな
人間ならばさしずめ
逆立ちで暮らしているといったところだ

手の形に生まれ
そのように名付けられたことの悲哀を
棘皮に変えて全身にまとっている
と見るのはこちらの一方的な想いだ
移動するたびに
ざり　ざり
地球を貪欲に舐めている

夜も昼もなく
（ひとでに視覚はない　だろう）
触れるものだけがたより
ひらべったく生きていたって
逞しければそれでよい

どこもかしこも縁ばかり　のどかに風が吹いて水が揺れて　この世は捉えどころのないのが常だから　体中を「手」にして　ところかまわず摑んでいなさい　ひとでの生まれ変わりである　あなたよ

訪問者

夜が来た
しのび寄るのではなく
今日はいやに威勢がよかった
窓ガラスを砕き　ドアを破り
部屋に押し入るといった勢いで

犬も猫もそれぞれの形で身構え
ぼくらは棒や包丁で武装した

切り裂けるはずもないのに
空を切るだけなのに
むなしい　とはまさにこのことだ

二階から入ったのか
玄関の方から入ったのか
一瞬にして闇に犯されてしまったのだ
津波ならば地鳴りがする
それもなかったから　逃げようもなかった　逃げても外は漆黒
どのみち家の中に押し戻されただろう

侵入したあと
なにをするでもなく　いつまでも居座った
夜は　ぼくらが働いているあいだずっと

太陽に焼かれていた
かすかに　焦げた匂いがする

ごめん
ぼくらはわけもなく謝った
ごめん
声は闇をふるわせ
壊されていない壁にぶつかって落ちた
夜は眼も耳も持たない
じっと蹲っている
なにもしゃべりはしない

犬や猫は身構えを
ぼくらは武装を　解いた

夜を肺いっぱいに吸い込む
それから　天井から睡魔が下りてきて
眠れ　眠れ　眠れと
ぼくらを眠らせない

じじばば

だるまさんがころんだ
なにのために唱えていたのか
わずか十文字の間
背後に忍び寄る者がある
「んだ」のあとに振り向けば
婆さまたちは静止画のなか
呪縛から解かれたというのに
骨になって干からびて棒立ち

群れる葉から緑と黄が降ってくる
すべてのものが乾いてしまう季節はじきに終わる

　だるまさんがころんだ
細い幹に押しつけた手の甲の
内側できつく閉じられた眼が　聴いている
あたりは春の気配によって成り立ち
木の影が少しずつ伸びてゆく音さえ聞こえる
（遠くで母さんの呼ぶ声がして）
足許に闇が膨らんでくる頃
路地には誰もいなくなる
いつまでも振り向けないでいる鬼
外灯が　まあるく滲んでいる

呪文はもう唱えなくてよい
振り向かなくてよい
部屋の隅に蹲って
窓の外に集まった百体のだるまの
二百個の眼球を数えていればよい
（だるまさんはころぶことすらできない）
爺さまの腓骨が水を含んで
踏ん張っているから

いかずち

ねえさん
姉さん

もうずいぶん歩いたけれど
雷村はまだですか

そこではなにが叩かれているのか
ムチ打つ音が途切れることなく

とんでもなく空は高く
雨も降らさない

せかいはおおきな穴であると
鷺が迷い翔けている

まひるでさえ
だからこそなにもみえない

乾いた大気にしばられて
ひびきわたる

ねえさん

姉さん

ボクは疲れてしまった
雷村のいりぐちがみえたら
くるりと向き直りあなたを
置き去りにするだろう

行きたかったのか
行きたくなかったのか

大地に沈んだ村の
地面から引っこ抜かれるひとびと

どれだけ連なっているのか
ぞわぞわでてくるでてくる　きりもなく

顔が無い
輪郭が溶けている

ねえさーん

II

遮断

無人踏切　と口のなかで言ってみて立ち止まる　つぶやくと同時に足が止まってしまうのはいつもの癖だろうか　右にも左にも扁平にレールが延びていて　列車が来る気配もないのに

辺りを支配している鉄の匂い　いや正しくは鉄粉の匂いが　背丈の高い雑草に囲まれて

踏切と直角に交差し連続しているはずの野良道を遮断する　遮断されたのは道などではなかった

鈍く光る二本の冷たい刃が断ち切ったもの（警報機が鳴る）遠いレールの音が彼を引き寄せてしまったのか　血も鉄の味がする　砕ける骨　飛び散る来し方

風が前から吹いてくる　列車が通過するたびに乱れ　あとに訪れる静寂　何事もなかったのだ　風のように吹き過ぎたものはもう見えない　花を一輪へし折って手向ける

レールは錆びない　くりかえし車輪が研いでいるから　踏切はひっそりとして　秋の始まりを告げる虫が鳴いている　遠くから汽笛が風に乗って届く

かすかな地響きが足許から這い上がってくる　ずっと踏みとどまっていられるだろうかゆらゆらと背後の時間が揺れる　踏切の向こうに続くはずの道が消えては現れる　視界の端に列車が膨らんでくる

抽斗

箪笥の一段目を開けると海が広がっていた。静かに引きだしてもどうしても波がたってしまう。そこに入るには両腕を耳の脇にのばして顎を引く姿勢がよい。海には浜がない。海だけを一面に描いた絵画には浜がないのと同じだ。夕食までなにもすることがないので飛び込んでみる。やっぱり浜はなく泳いでも泳いでも波がぶつかってくるばかり。泳ぎ疲れてぽっかり浮かんでいると魚が尻を突いては通り過ぎてゆく。今日のおかずは鰈の煮付けだ。ほのかな土の匂いが好きではない。

船がきた。船縁から数組の男とおんなが釣糸を垂れているのが見える。魚を釣ったところで浜のない海ではどこへ帰ろうというのかとふと考える。あの者たちは船の上で生涯を過ごすのではなかろうか。ということは箪笥の中で一生を終えるということだ。男とおんなは父母だった。二組の祖父母だった。四組の曾祖父母だった。みんなが生とか死ということから解き放たれていた。古い組のほうからつぎつぎと釣り上げられて船上の人となったに違いない。ぼくはひとりであるし　まだまだ生きることに執着しているのだから大丈夫だろうとたかをくくていた。右頬に鋭い痛みが走った。鈎型の針が刺さって船縁まで引き寄せられた。必死に抵抗していると突然波が高くなりあたりが闇に包まれる。誰かが抽斗を閉めたのだ。

それから食卓に着き　鰈の煮付けの身をほぐして真っ暗な口のなかで噛み砕く。

巣

とても暑い昼下がりだった　肩の上に頭を乗せて歩いていた　路面が脂ぎって見えた　前方からゆらゆらゆらと巨大な蟻が向かってくる
いま穴から出てきたばかりと思われた　吹き渡る風に湿った土の匂いが含まれている

両側の商店はみんなシャッターを閉じている
　さっき商店街の入口でガラガラという　寂

しい音が聞こえた　あの巨大な生き物は　いつも決まった時刻に現れるらしい

近づいてくる蟻を　建物にへばりついてやり過ごす　すれ違いざまに　鉤型の口が　ギリと鳴った　強い酸性臭を引いて　まっすぐに行ってしまった

自動販売機からコーラを取り出す　振り向いて歩き始めたとたんに　穴に落ちてしまう　予測できたことなのに不覚だった　土の中は迷路になっている　図鑑のとおりだった　その構造や暗がりが懐かしかった　父さんの膝にいたはるか昔の感触が蘇る

奥の方に生き物の気配がある　生まれてくる
ものと死んだものの精気が混ざりあっていて
空気が重い　こんな場所で営まれる生殖の儀
式を想像してみる

足許から這い上がってくる黒い群　手にした
コーラの缶をめざしているのだろうか　いま
や頭のてっぺんまで　黒く覆われてしまって
いる　ひとの姿をかたち作る虫たちが細胞と
なってうごめいている

もう　蟻　と　種族の名で呼んではいけない
ような気がした

公　園

夜の街はやわらかいタールに覆われている
ここを通り抜けなければ　いちにちを閉じる
ことができない　なにものかにのしかかられ
た重い体を　地面にこすりつけて歩く　家並
みが途切れたところに公園がある　あるとい
えるのかどうか　ぽっかりと開いたお歯黒の
口のように　覗いても奥が知れないぶよっと
した空間があるといえばいえる　ないものが

ある　というのが正しいようだ　態勢を整えて入口に立つ　そこに踏み入るために出す一歩を　右にするか左にするか決めなければならない　なぜなら　両足をいっぺんに出そうとすればつんのめってしまう　平らでおとなしく　ぼくらに支配されているはずの地面が瞬時に壁となって襲いかかってくる　擦り傷　打撲　骨折といったことばがアタマのなかを飛び交い　鈍い痛みが部位を特定せずに駆けめぐる

そのようにして　多くのひとが地に伏したひれ伏して祈りを捧げた　なににどう祈ったのか　だれも明かさない　おそらくそれは

命乞いだ　いつも食べている穀類　野禽　獣
　魚たちがいっせいに反乱したのだ　きめ細
かな漆黒の粒子に紛れて　受け身ではなくぼ
くらの口に侵入してくる　口腔いっぱいに雑
多なものが充ちている　ひとかけらも呑み込
めず閉じることのできない口　ガクガクと顎
が音読どおりに笑っている

ベンチに坐るぼくらを　咀嚼しているのが判
るだろう　公園と呼ばれる黒い塊が　もぐも
ぐ動いているのが

黄昏

沈みかけた太陽が停まってどのくらい過ぎただろう　夕暮れの不安定な空気やひかりのなかで　犬の遠吠えがいつまでも耳に響いている

歩道に落ちて動かない鳥影を踏まないように歩く　(影踏みは残酷な遊びだったのだ　閉じこめていた快感が体の芯をよじのぼってくる)　視界に遮光カーテンがおりてやみくもに歩く　誤って踏んだ翼が歩道にめりこむ

頭上の鳥はもう羽ばたかないだろう　飛んでいる姿が思い出せない　飛ぶ恰好のまま鳥は中空にとどまっているというのに
そういえば昼食になにを食べたのだったか
嚙んだ　呑み下した　まさに確かな歯ごたえの記憶がまだ口のあたりにある　胃の底に溜まったものは消化していない　キクラゲだったか　豚の耳だったか　こりこりとした食感が顎に残っている　あの食堂は天井がやけに高くて　扇風機の大きな羽根が回っていて落ち着いて食事が摂れなかった　本当に昼食を食べたのかどうかもあやしい
時間が不規則に流れて　子どもの時代が背後から吹いてくる　駄菓子屋に入ると　鮮やか

に着色された菓子が並んでいる　かあさんの
顔が浮かぶ　買ってはだめ　食べてはだめ
きつく言われていたのに　くすねてきた硬貨
をポケットのなかで数える　だれかに見られ
ていやしないか　奥行きのない店の外には
知らない顔ばかりが歩いている　ひとりひと
り咎めるように覗いてゆく　歩いているのは
影だった　影が立ち上がり体を従えている

くらげ

二つ折りの新聞が部屋の隅に置き忘れられていた　処分しようとつまみあげる　間からメモ用紙が落ちた　書きかけた詩の断片だった　年号が記してあった　汗の跡が紙をゆがめていた　二年前の夏は殊のほか暑かった

クラゲに刺されるゆめを見た
海水を押しながら浅瀬を歩いていた

白砂に落ちる波の紋様に紛れて
密かに接近する生き物に気づかない
右の脛に走る痛み
転んで溺れて呼吸が止まる
ここで死ぬということ
すなわちゆめからの生還

そこで詩は途切れていた　小さな紙片から立
ちのぼる海の香　あの痛みはなにだったか
夢を見ながら　本当はどこをさまよっていた
のか　なぜ海だったのか　風が起こす葉ずれ
の音　体内を駆けめぐる血の音　細胞に湛え
られた塩水　浮かぶ足裏　ゆらりと　どこへ
でもゆける　夢のなかでならば

漂うくらげは　ぼくが吐いた言葉だったのか
液体からやっと固体化したかのようなくらげ
眠りのなかで液体に戻ってゆくこの体　書か
れ始めてしまった詩は　いつ　どこで形を成
すのか　軟体動物さながら　古新聞の間で息
を潜めていた　ずっとそのまま放っておくべ
きだった　ぶよぶよとした　つぶれてしまい
そうな言葉もまた　知らぬ間に誰かの脛を狙
っている

独語症

長い砂浜を歩いていた　目の前にひろがる
大量の水の上に　球体の放つ光が乱反射して
いた　生きるものすべてが眠気を誘われる時
刻だった　白い流木を拾い砂に突き立てると
影が黒々と固定された　波が刻んだ紋様を
なぞって　影もギザギザと折れ曲がった　流
木を漂白したのは時間だったか距離だったか
波はここまで届かない　単調な水の動きも

またまぶたを重くする　海風を正面から受ける　背中でシャツがふくらむ　なにもすることがない今　影は北から東へゆっくりと移動している

流木を引き抜き砂に直線を描く　ゆきつ戻りつして何本も描く　太陽が水没する頃　刻まれた浅い線にもわずかな影が生まれる　こうして過ごした数時間　ひと言も喋らなかった　独り言すら漏らさなかった　やがて夜になれば　海も砂も木も　この躰さえ闇に紛れて　薄い影のようになってしまう　想いだけが明瞭になってくる　陽光に遮られて　体内に鬱積したことばが反響する

どうしよう
どうしよう

捨ててきた数々のしがらみ　なにも持ってゆけないから　ひとつずつ脱いで裸になって彼岸へ渡る　島はどうして海に囲まれているのか　海岸に沿って歩けば　再びここに戻ってしまう

どうしよう

迷・惑

とにかく道なりに歩くしかない　正しい姿勢で視線はまっすぐに　するとさっきから似たような風景が続いていることに気づく　側溝に鯉が泳いでいるのだが　どの鯉もぼくの歩く方角に進み　優雅に追い抜いてゆく　なんだか誘っているようでもある　道は右にカーブする　傾けなければいけない上体　もちろん右の方向に　傾けすぎれば倒れるか溝に落

ちてしまう　そのバランスを保つのが難しい
しばらく直線が続いて　こんどはほぼ直角
に左に折れる　角の少し手前でスピードを落
とす　曲がる準備が必要だ　道は直角だが歩
く軌跡を四分の一の円を描く要領で曲がる
（鯉はどのように曲がるのだろう　胸ビレを
立てるのだろうか　尾ビレに弾みをつけて　骨
と周囲の肉をほとんど痙攣させてグイと）
曲がるとき地面を見ていなければならない
それから顔を上げると　風景はさっき見たも
のと同じなのだ　右手に森が見えたり　左手
に火の見櫓があったり　また逆であったり

道沿いにはどれも同じ造作の家屋が並んでい

る　側溝を越えて建物に入るための踏み板が等間隔に架かっている　どの家にもひとの気配がない　だから道を聞くこともできないどこまで歩き続ければよいのか　そろそろ日も暮れてくる　小春日和の温い風もひんやりしてきた　暗くなれば右も左もなくなる　ほんとうの路が　空から覆い被さってくる

白日

コートの背中が割れた　カブトムシになるのだと思った　隠されていた皮膚が剝き出しになる　内臓も透けて見えているだろう　樹液が流れて体内の管を浮き上がらせている　体中を廻るむず痒さ　飲食と排泄を繰り返すのは甲虫だって同じだ　闇のなかでじっと　なにかをやり過ごした時代が　確かにこの身にあった　いや　いきなり成虫になることもあ

る　意識を絡め取る夜があったわけじゃない　変身なんていう重々しいものじゃない　やり直してもいいから　もう一度幼虫になりたい　あたたかい土の感触　鼻から脳に抜けてゆくあの懐かしい香りにまみれていたい　だれも覗くことのできない世界が失われて　ぼくらは勇気も羞恥心もかなぐり捨てなくてはならない　闇を白く塗り替える者よ

真っ昼間であった　誰かに見られていただろう　パックリと背中が割れて　いまにも飛びたちそうな勢いだったはずだ　二の腕から肩にかけてやけに重くて　飛べるわけもないのに　鉛色の空の下で　花びらが舞うのを見て

いた　それは墜ちていたのか　風に吹き上げられていたのか　もうどうでもよい　甘い匂いに酔ってさえいれば

多くの視線から守られた体幹には　一本の骨が貫き通っている　コートの背中を繕って羽をたたんでひとになったカブトムシが　俯いて歩いている　立ち姿が格好悪い　うまく人間になれなかった　としても悔いはない　脊椎動物哺乳類の　生きてゆく場所はここしかない

似る

旅先である　乗り合わせたバスに　見知った
顔がひとりもいない　だが　どの顔もどこか
で見たような気がする　肉体もまた水に似て
触れるものに従う　バスに乗ればバスに乗っ
たぞ　という顔になる　停車発進右折左折
そのたびに乗客は藻のように揺れる　午後の
陽の光合成によって睡魔が作られる　居眠り
する体から芯が抜けてしまって　みんな椅子

の形をなぞって坐っている　車体が消えたと
想像してごらん　』の形をした幾体かの人間
が　地球の丸みに沿って走っているのが見え
るだろう

漁村である　海に近い停留所と知って　降り
てみたくなる　握り棒の形に体を整えて　膝
を折り曲げながら降車する　足はステップに
似ようとする　それから小波のリズムに乗っ
て歩く　漁から戻った舟が近づいてくる　漁
夫の顔が鱗におおわれてかがやいている　豊
漁だったのだ　捕らえられても魚はひとの顔
に似ない　ひとは海に入れば泳ぐけれど魚は
水から出ても歩かない

葬列が通る　一団の体が透けている　蒼白の
冷たい手足をぎこちなく動かして　穴に向か
う　死者は空にゆかない　大地をまねて　こ
れから土のなかに横たわる　さてぼくはなに
に似ればよいのか　風になびかせた髪はすで
にワカメのようで　全身潮の香りにまみれて
苦味を帯びている　似るだけでよい　海その
ものになりたくない　ああ　足の下を抉る波
は　どうしてそれがわからないのか

博物館

追いかけられている

なぜ追われているのかわからない　四人の男
がひとかたまりとなって　口々に叫びながら
さすまた　網　ロープなど　つまり生け取り
用の物を手に　前後に開いた足を擦るように
徐々に距離を詰めてくる　逞しく張った腰が
捕獲の意思を主張して見えた　どこかで会っ

たことのある顔だが　思い出せない　千年のあいだ　つけ狙っていた　という眼だ　（ボク）は千年のあいだの記憶を辿ってみる　蘇るのは逃げている場面ばかりだ

先ほどまで博物館・第一室の仏さまを拝んでいた　柔和なお顔の薬師如来だった　半眼の視線がどこに向けられているか　ずっと考えていた　仏前に立てば足許を　ちょっとズレれば足跡を見ている　と思えたが本当は　床に羽蟻がいないか見ていたようだ　いるとすれば（ボク）の服に付いてきたのか　そのようにして　仏前にやってくる者たちが運んでくる羽蟻を探している　木造の体にとって

危険極まりない生き物だから

薬師如来の周りに　威嚇するように立ってい
る十二神将　そのうちの四神が追いかけて来
ていたのだ　第二室から左に折れて　第五室
まで来た　そこが行き止まりだった　高い壁
がそびえていた　逃げ場を失った　バルサン
焚いてすり抜けようか　だがそうすれば今度
は館員が追いかけてくるに決まっている　壁
に背をあてて左に回り込む　四神も移動する
じりじりと間隔を縮める　さすまたが鼻先に
ある　網が高く掲げられる

四神の背後には薬師如来がいた　ダラリと下

げた手に注射器を持っている　針先から薬液がほとばしる　手先は太股を狙っている
（ボク）はなにもしていない　四神の服が重そうにガシャリと鳴った　セーターが絡めとられ身動きできない　とたんに網が襲ってくる　ロープで縛られるまでもなく　捕獲されてしまった　注射器が刺さった　ああ眠い
この仏さまは病気をなおすのではないのか　たしかに　生きていること自体が病なのだ

目覚めると冷たい床の上だった　顔の下に羽蟻が潰れていた　第五室には見事な螺鈿が施された漆器が展示されていた　ガラスケースに保護され　適度な温度と湿度が保たれ　虫

が入る気づかいはない　第一室の仏さまたち
にはなんの保護柵もない　ボクらの大量の息
に曝されていた　それは（ボク）のせいでは
ない　薬師如来と四神たちは第一室に戻った
ようだ　もうあそこにはゆくまい　だがもう
一度お顔を拝みたい　千年かけて　もう一度

山田隆昭（やまだ・たかあき）

一九八一年　第一詩集『風のゆくえ』銀嶺舎
一九八六年　第二詩集『鬼』私家版
一九九六年　第三詩集『うしろめた屋』土曜美術社出版販売（第47回H氏賞受賞）
二〇〇〇年　現代詩の10人『アンソロジー　山田隆昭詩集』土曜美術社出版販売
二〇〇三年　第四詩集『座敷牢』思潮社
二〇一九年　第五詩集『伝令』砂子屋書房

現住所　〒135-0034
東京都江東区永代一―八―八

詩集　伝令

二〇一九年六月二一日初版発行

著　者　山田隆昭

発行者　田村雅之

発行所　砂子屋書房

東京都千代田区内神田三―四―七（〒一〇一―〇〇四七）
電話〇三―三二五六―四七〇八　振替〇〇一三〇―二―九七六三一
URL http://www.sunagoya.com

組　版　はあどわあく

印　刷　長野印刷商工株式会社

製　本　渋谷文泉閣